APRENDO A LEER CON CÓMICS

Disney PRINCESAS

cliper

Papel certificado por el Forest Stewardship Council®

FSC
www.fsc.org
MIXTO
Papel | Apoyando la silvicultura responsable
FSC® C117695

Penguin Random House Grupo Editorial

Primera edición: septiembre de 2025

Travessera de Gràcia, 47-49. 08021 Barcelona

Printed in Spain – Impreso en España

ISBN: 978-84-19487-41-4
Depósito legal: B-12038-2025

Compuesto por Rebeca Podio
Impreso en Índice, S.L.
(Barcelona)

DS 87414

Índice

Antes de adentrarnos en las historias de las Princesas Disney, ¡tomémonos un momento para conocer algunos detalles sobre alguna de ellas con estas infografías tan informativas!

Presentamos a Bella, Mulán y Cenicienta...

Conoce a las Princesas
Bella

Conoce a las Princesas
Mulán
Le Gusta
¡Te quiero!
Lo se
Hacer ejercicio
Aaaaaah terminado
¡Vamos a repetir!
Los fideos picantes
BFF
Papá
No le gusta
¡Grrr!
¡GRRRR!
Los matones
Los dragones silenciosos
¿Mushu... ?
Todo está bien.
!
Su peor hábito
¿Más "apuntes"?
Jajajaaa
Estropear la ropa

Conoce a las Princesas
Cenicienta
Le gusta
Los animales
El arte
Este irá en la sala de estar.
.....
BFF
La mejor hada madrina
No le gusta
Ugh, lucifer...
La caída de pelo
!!!
El acopio de queso de Gus
Su pasatiempo favorito
El reciclaje
Eso no era...
Un vestido estropeado también merece otra oportunidad.

DECISIONES DIFÍCILES

CÓMO DORMIR POR RAPUNZEL

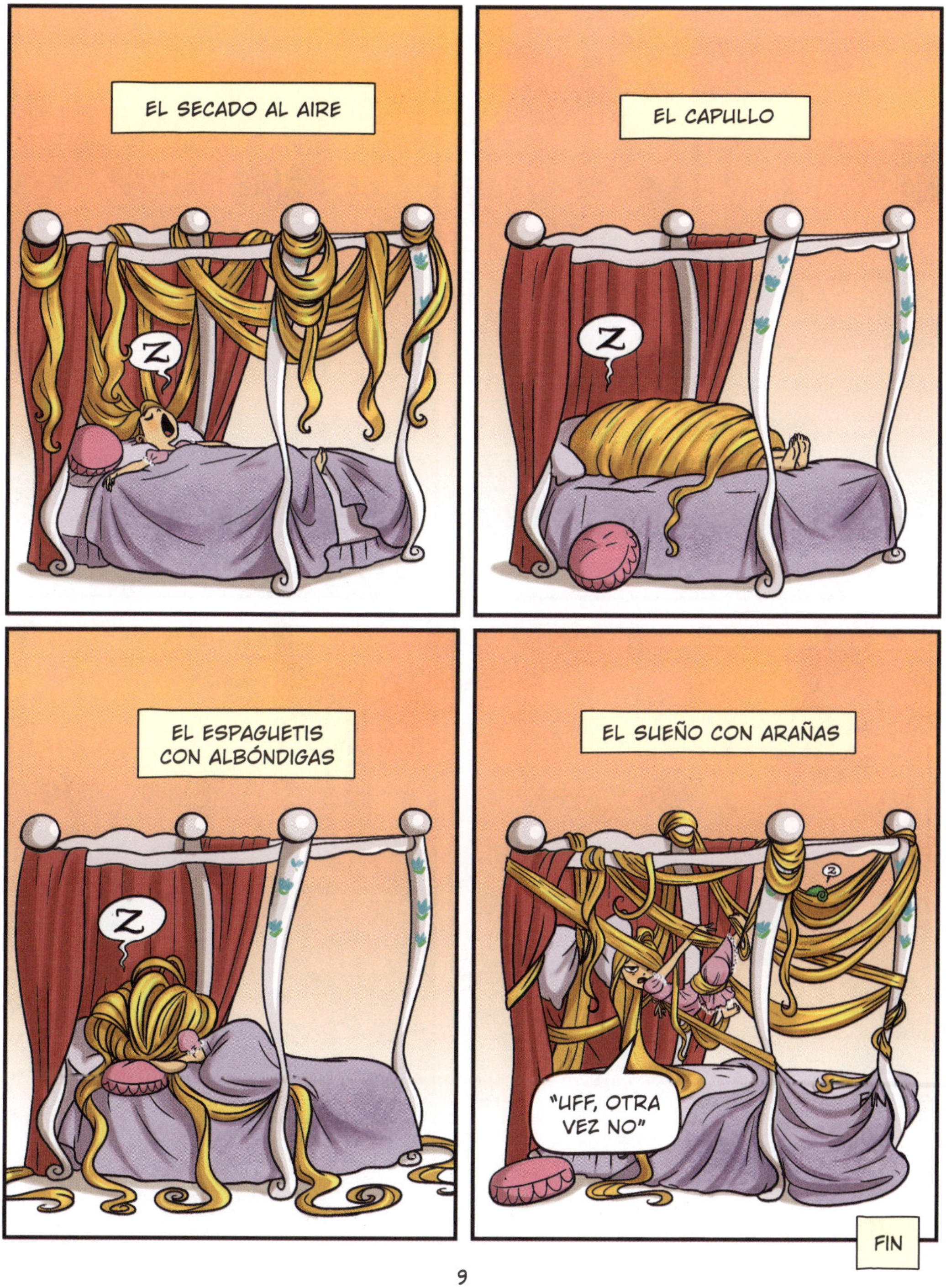

DIBUJOS EN LAS ROCAS

BRRRR ¡HE SOÑADO QUE ATRAVESABA CAMINANDO UN RÍO DE HIELO!
¡LA PRÓXIMA VEZ TRÁETE UNA MANTA QUE TE CUBRA LOS PIES!
FIN

A ALGUNOS LES GUSTA MÁS PICANTE

... Y CADA ALA DE MI VESTIDO LLEVARÁ PEQUEÑAS JOYAS COSIDAS!
OOOH, QUE BONITO
¡ESTO NECESITA ALGO...
UN POCO DE SALSA PICANTE LE IRÁ DE PERLAS!
NOP, TODAVÍA PUEDO SENTIR LA LENGUA, NECESITA MUCHA MÁS.
...TAMBIÉN HABRÁ PEQUEÑOS ESPEJOS EN LAS ALAS, ASÍ PUEDO ARREGLARME EL MAQUILLAJE MIENTRAS ESTÉ EN LA CARROZA, ESA FUE MI IDEA...

... LUEGO ESTÁ LA CUESTIÓN DE MIS ZAPATOS, PORQUE TENGO *TANTAS* OPCIONES.
CREO QUE TENGO UNA SALSA EXTRA-PICANTE EN EL BOLSO.
RED HOT JAZZ HOT SAUCE
UUUY
NO LO SUFICIENTEMENTE PICANTE, DEBO HABERLA DEJADO DEMASIADO TIEMPO EN EL BOLSO.
... PORQUE ME DIJERON QUE COSERÍAN UNAS ALAS A LOS ZAPATOS, PERO ME PREOCUPA QUE ESAS ALAS DISTRAIGAN DE MIS OTRAS ALAS...

¡AJÁ! SABÍA QUE LO BUENO ESTARÍA POR AQUÍ EN ALGUNA PARTE.
ESA SALSA ES MALVADA, TIANA TEN CUIDADO.
TIANA SE VUELVE A SENTAR PARA COMER EL BRUNCH
...ME QUEDÉ HORRORIZADA POR LA POCA OFERTA DE JOYERÍA DE HADAS QUE TENÍAN...
YA ESTÁ, ESTA SALSA TENDRÁ QUE SER LO SUFICIENTEMENTE PICANTE.
¿DE VERDAD? ESTO ES MÁS FLOJO QUE UN CACHORRO DE GATITO
...ESTABA TAN ENFADADA, PRÁCTICAMENTE ME SALÍA HUMO DE LA CABEZA...
¡OH! ¡EL GATITO TIENE GARRAS! ¡EL GATITO TIENE GARRAS!

... ASÍ QUE ESTOY PRACTICANDO MI SALUDO PARA LA CARROZA, PORQUE TIENES QUE SALUDAR DE LA MANERA CORRECTA...
¡¡¡DEMASIADO PICANTE!!!
...Y ESTE CHICO APUESTO ME VE SALUDANDO SENTADA EN UN BANCO EN EL PARQUE...
ASÍ QUE DIJE "SI SOLO UN VASO DE AGUA ME PUDIESE AYUDAR AHORA MISMO" ...
ESTO *NO* ESTÁ FUNCIONANDO.
SPLOOSH

¡ME *ARDE* LA BOCA!
¡TOME UN REFRESCO, SEÑORITA!
¡NO! ¡UN REFRESCO LO EMPEORARÁ!
DÉJEME PROBAR ABANICANDO LA LENGUA.
DUKE'S
MENU
AYYY ¡SIGUE PICANDO!
¡SOLO HAY UNA MANERA DE ARREGLAR ESTO!
DEBEMOS CONTRARRESTAR LA PRIMERA SALSA CON MÁS SALSA PICANTE.
¡AYUDA!

SPECIALS
SOUP 5¢
EGGS + HAM 10¢
EGGS + BACON 10¢
BEANS + RICE 7¢
COFFEE 5¢

FLOUR
¡AYUDA! YA NUNCA MÁS VOLVERÉ A TENER GUSTO.
ESTO ES RIDÍCULO, NECESITO OTRA COSA.
¡ESO!
Oats
MILK
GLUG
GLUG
GLUG
¡AAAAAHHH!
MILK
LA SALSA PICANTE ES DOLOROSAMENTE GENIAL Y ESTO ES... ¡LA MEDICINA!
MILK

...Y ASÍ ES COMO DECIDÍ OLVIDARME DE LOS GUANTES Y HACER QUE MIS *UÑAS* BRILLEN.
¿QUÉ TE PARECE TIA? ¿SUENA MARAVILLOSO MI CONJUNTO?
SÍ, CHARLOTTE, CREO QUE SERÁ *PICANTE*.
AY ¡GENIAL, GENIAL, *GENIAL*!
ZZZ...
FIN

MUNDO DE LLUVIA

MI BELLA ALTEZA REAL

¿POR QUÉ NO LE IBAN A INVITAR A UNA REUNIÓN DEL CONSEJO? ¿NO ES SU DEBER ACUDIR?
ESAS REUNIONES SON UNA MOLESTIA TERRIBLE
EL DUQUE SIEMPRE QUIERE HABLAR DE COSAS ABURRIDAS COMO MEJORAS A LAS CARRETERAS DEL REINO
Y NO PARA DE HABLAR Y HABLAR... QUE CHARLATÁN MÁS CANSINO.
QUIZÁS ÉL DIGA LO MISMO DE USTED.
¡IMPOSIBLE! ¡YO SOY UN ENCANTO!

¿QUIZÁS PUEDO IR CON USTED A LA REUNIÓN Y AYUDARLE PARA QUE LA COSA VAYA MÁS LIGERA?
OH, CARIÑO, ¡ESO SERÍA FANTÁSTICO!
POR EJEMPLO, PODRÍA IR MEJOR SI PRESTA ATENCIÓN AL GRAN DUQUE PARA QUE NO TENGA QUE REPETIRSE.
¿CÓMO DICES, CENICIENTA?
DIGO QUE LAS REUNIONES IRÁN MÁS RÁPIDO SI-
¡HIJO, ADIVINA QUÉ! CENICIENTA VENDRÁ A LA REUNIÓN CONMIGO Y RESOLVERÁ TODOS MIS PROBLEMAS.
¡MARAVILLOSO!

¡BUENAS TARDES! ES UN PLACER ESTAR AQUÍ. DEMOS COMIENZO A LA REUNIÓN DEL CONSEJO.
HE ESCUCHADO ¿NO? NUNCA SE SABRÍA QUE AYER ME QUEJABA DEL DUQUE Y SUS TONTERÍAS.
NADIE LO SABRÍA...
SI EL GRAN DUQUE NO ESTUVIERA A SU LADO AHORA MISMO.

MI QUERIDO GRAN DUQUE, NO ME ACORDABA DE QUE ESTABA AHÍ ¿CÓMO HA PODIDO OCURRIR?
NO ME OFENDE, SU ALTEZA, DESPUÉS DE TODO...

NO PUEDO EVITAR PENSAR QUE ESTAS REUNIONES IRÍAN MEJOR SIN SU PRESENCIA REAL.
¡CENICIENTA! DILE QUE SOY UN ENCANTO.

LA MAÑANA SIGUIENTE...
DESPUÉS DE LOS EVENTOS DE AYER, ¿PODRÍA OFRECERLE UN CONSEJO SOBRE COMO SER MEJOR EN LAS REUNIONES?
JOVENCITA, LLEVO SIENDO REY MUCHO MÁS QUE TU PRINCESA, SE MUCHO MÁS SOBRE ESTAS COSAS QUE TÚ.
BUENO, DIGAMOS QUE SE DISTRAE MIENTRAS ALGUIEN HABLA ¿QUÉ HARÍA?
¡FÁCIL! INTERRUMPIRÍA AL INSTANTE PARA DECIR ALGO SOBRE MÍ MISMO.
EMPECEMOS LA CLASE.

LA MEJOR MANERA DE RECIBIR A LOS MIEMBROS DEL CONSEJO ES DAR CONVERSACIÓN.
POR EJEMPLO, CUANDO ALGUIEN MENCIONA SU AFICIÓN FAVORITA, QUIZÁS DEBERÍA PREGUNTARLE ALGO AL RESPECTO.
ENTIENDO...
CUANDO UN HOMBRE ME DICE QUE COLECCIONA MONEDAS, LE PUEDO DECIR "¿CÓMO DISFRUTAS DE ALGO TAN ABURRIDO?"
¿POR QUÉ NO VOLVEMOS DESPUÉS DE COMER?

MÁS TARDE...
¡SU ALTEZA!
QUIERO VER EN PRIMERA PERSONA ESTA "EDUCACIÓN" DEL REY.
ENTIENDO, BUENO...
SIEMPRE ME HA GUSTADO ESTA SALA, MUCHO MEJOR QUE EL CAOS EN LA DE SU MAJESTAD.
GRACIAS, PERO, EH, YO NO DIRÍA...
NO ES DE BUENOS MODALES INTERRUMPIR, SEÑORITA.
¿PODRÍA BUSCAR OTRA SILLA, POR FAVOR?

EN UNA CONVERSACIÓN EDUCADA ES ESENCIAL NO INTERRUMPIR, INTENTÉMOSLO.
ESTÁ HACIENDO MUCHO CALOR PARA ESTA ÉPOCA DEL AÑO, ¿NO CREEN?
SI, YO-
¡SIN EMBARGO!-
EL SOL ES BUENO PARA LOS CAMPOS ¿NO LES PARECE?
BUENO, YO-
SÍ, LO ES.
¡ES FANTÁSTICO QUE **NO** TE INTERRUMPAN!
¡DESDE LUEGO! DEBERÍA PROBARLO ALGUNA VEZ SEÑORITA.

¿CÓMO VAN LAS CLASES, CENICIENTA?
OH, NO PUEDO CAMBIAR AL REY Y EL GRAN DUQUE. SON FELICES SIENDO COMO SON.
PERO MI NUEVO ESTUDIANTE HA MEJORADO MUCHO.
¿NUEVO ESTUDIANTE? ¿QUIÉN?
DOS AZUCARILLOS, POR FAVOR
Y MÁS QUESITO.
¡MIAUU!
FIN

ENTRENAMIENTO DE DEFENSA

VALE, LING, LÁNZATE A POR MI CON TODA TU FUERZA.
NO SÉ, MULAN, ERES MI AMIGA, ¡NO PUEDO ATACARTE!
LE DIJE A TODAS LAS CHICAS QUE HUELES A CALDO DE PESCADO.
QUE HAS HECHO ¡¿QUÉ?! AAAGH
PRIMERA LECCIÓN: DEJAR EL EGO EN LA TIENDA DE CAMPAÑA.
ME BAÑO ¡LO PROMETO!

SI ALGUIEN VIENE HACIA TI CON UN ARMA DE ALCANCE, TENDRÁ IMPULSO.
ÚSALO EN SU CONTRA.
EVITA EL ATAQUE Y DESORIÉNTALO.
Y ASÍ SE TERMINA UNA BATALLA CON ELEGANCIA.
ES COMO UN CISNE ENFADADO, QUE BONITO.

LA DEFENSA ES ESPECIALMENTE IMPORTANTE EN EL COMBATE ARMADO.
CUANTO MÁS GRANDE SEAS, MÁS PUNTOS DE IMPACTO TIENES.
TOK!
MUCHA ARMADURA TE RALENTIZA, ASÍ QUE DEBES MOVERTE.
TOK
TOK
TOK
SE SUPONE QUE TE TIENES QUE DEFENDER.
NO DIJISTE COMO.

LA INTIMIDACIÓN TE SERVIRÁ PARA REBAJAR LA CONFIANZA DE TU CONTRINCANTE. MÍRALE A LOS OJOS Y HÁBLALE DESDE TU ALMA DE GUERRERO.
CRAK
DESEO UNA BATALLA HONRADA.
PREPÁRATE PARA UNIRTE A TUS ANCESTROS.
¡EN LA CARA NO!

AHORA PONGAMOS A PRUEBA TODA ESTA PRÁCTICA.
¡ATACAD!
SMASH
THOK
¡PAF!
oof
FNUT
¿QUÉ HEMOS APRENDIDO?
¡LUCHA SOLO LAS PELEAS MÁS NECESARIAS!
¡SE ACABÓ LA CLASE!
FIN

CLASE DE MÚSICA

PRIMERO TIENES QUE APRENDER LOS ACORDES BÁSICOS.
ESO DEBERÍA SER FÁCIL, SOLO HAY 6.
¡NO LAS *CUERDAS*, LOS *ACORDES*! ES CUANDO TOCAS VARIAS CUERDAS AL MISMO-
?
¡DULCE SINFONÍA DE ALGAS! ¿¡QUÉ ES ESE SONIDO?!

WOOW, ¡ESTE TIENE MUCHOS ACORDES!
NIÑA, YA TE HE DICHO QUE ESO SON LAS *CUERDAS*, ¡PRESTA ATENCIÓN!
LOS ACORDES SON CUANDO APRIETAS ALGUNAS CUERDAS PARA AJUSTAR EL SONIDO Y TOCAS TODAS AL MISMO TIEMPO.
¿TODAS AL MISMO TIEMPO? ¡IMPOSIBLE!
QUIZÁS PROBEMOS CON LA FLAUTA.

CADA UNO DE ESOS AGUJEROS CORRESPONDE A UN TONO DISTINTO DE LA ESCALA, TODO LO QUE TIENES QUE HACER ES-
¿QUÉ NOTA ES ESTA?
BUENO, DEPENDE DE LA COMBINACIÓN DE-
¡FLURP!
CREO QUE ESTÁ ROTA.
BUENO, *AHORA* SÍ.

ESO ES, ¡TIENES RITMO!
CHK
CHK
CHK
THWOK
¡AY!
QUIZÁS NO TAN CERCA LA PRÓXIMA VEZ.
WOOWWWOWOW
¿DE DONDE HAS SACADO ESTO?
¿QUÉ ES ESTE BOTÓN?
CREO QUE NO ESTÁS LISTA PARA ESTE.

AHHH AH SUB MARI...
...ET CHORO LUDENTIUM!
F!
FIN

DÍA DE LLUVIA

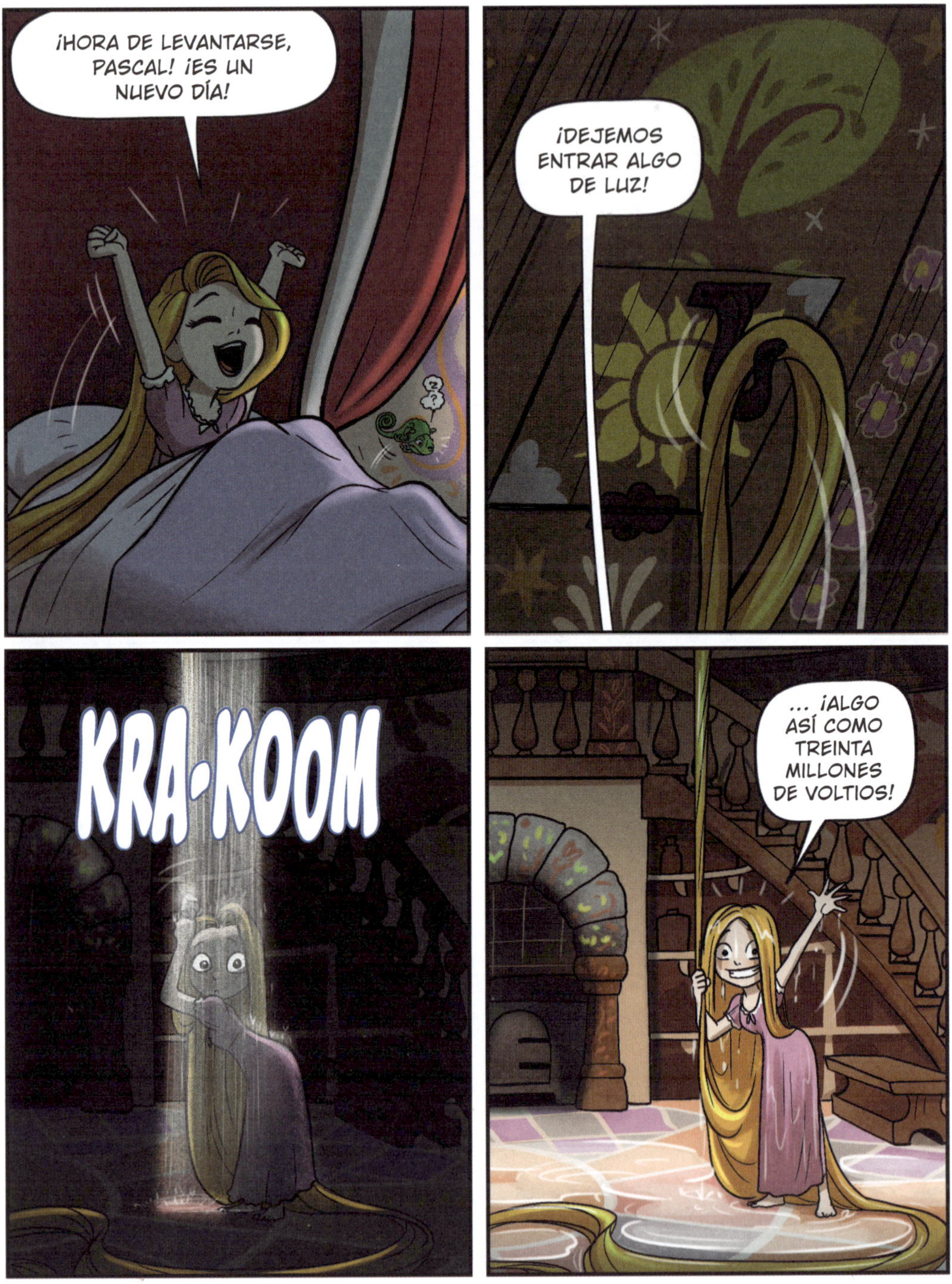

VAYA, ¡LIMPIAR ESTO VA A LLEVARME MÁS DE LO NORMAL!
¡ES EL CHAPARRÓN MÁS REPENTINO QUE HE VISTO! SOLO HE ABIERTO LA VENTANA UN SEGUNDO...
SOLO HAY UNA SOLUCIÓN PARA ESTO, PASCAL.
¡HAY QUE USAR LA FREGONA DE EMERGENCIAS!

¡TODO ACABADO Y SOLO SON LAS 7:20!
OH NO, NO, NO, ¡NO! ¿AHORA HAY UNA GOTERA?
RÁPIDO, NECESITO ALGO PARA RECOGER EL AGUA.
SOLO COCINO PARA DOS, HAY QUE APAÑARSE...

HACE MUCHO QUE NO TENEMOS UNA TORMENTA ASÍ, PASCAL. SE ESTÁ HACIENDO MUY OSCURO AQUÍ DENTRO.
¡GRAN IDEA! ¡HAGAMOS NUESTRA PROPIA LUZ!
ASÍ MUCHO MEJOR, ¡ME ALEGRO DE HABERLAS GUARDADO PARA UN DÍA LLUVIOSO!
¡VENGA YA!

SE QUE NO ES PRÁCTICO, PERO HAY QUE PARAR LAS GOTERAS DE ALGUNA MANERA.
¿Y SI NUNCA PARA LA LLUVIA PASCAL? TENDRÉ QUE QUEDARME AQUÍ Y COMER BICHOS, COMO UN MURCIÉLAGO.
ME PREGUNTO SI FUNCIONARÁ EN LA MADERA...
"BRILLA LINDA FLOR"
[AH] ¡ESTO ME VALE!
FIN

CELESTINA

ASÍ QUE... QUIERES CONOCER A GENTE, PERO ¿TE DA MIEDO?
SÍ.
DIGAMOS QUE UNA CHICA TE SALUDA.
¿QUÉ TE PONDRÍAS PARA SENTIRTE MÁS SEGURO?
VALE.. QUIZÁS SEA UN POCO DEMASIADO.
FIN

PASEO POR LA NATURALEZA

¡MIRA! NO NOS HACE FALTA TRAER COMIDA.
¡ESPERA! NO TE LA COMAS.
?
AURORA, SE QUE ESTAS MANZANAS SON SEGURAS.
SÍ, EL GUSANO PENSÓ LO MISMO.
BLAH

¡ESCUCHA! ES UNA LAVANDERA BLANCA.
SON MUY TIMIDAS.
¡SE CUIDADOSO!
NO TE PREOCUPES, RECONOCE MI CARÁCTER GENTIL.
O A TU COMPAÑÍA.

AQUÍ SE ESTÁ BIEN.
¿PORQUE NO BAJAMOS UN POCO MÁS LA COLINA?
PERO AQUÍ ESTAMOS A LA SOMBRA Y NADA NOS MOLESTA.
¿COMO NOSOTROS A LAS HORMIGAS?

TEN CUIDADO, ESAS ROCAS-
SPLASH
RESBALAN.
NO SUELO SER TAN PATOSO, CREO QUE ESTOY NERVIOSO.
LO SÉ CARIÑO, SE TE DA *GENIAL* BAILAR.
MIENTRAS ESTAS AHÍ...

ME SIENTO TAN TONTO, TE CRIARON EN EL BOSQUE...
AUNQUE NO LO CREAS YO TAMBIÉN PASÉ TIEMPO EN EL BOSQUE.
NO TE PREOCUPES, ESTOY CONTENTA DE PODER COMPARTIRLO CON ALGUIEN.
LA PRÓXIMA VEZ NO TE TRAIGAS TANTOS AMIGOS...
FIN

EL DILEMA DE BELLA

AH, POR FIN UN POCO DE PRIVACIDAD.
¡AH!
¡HOLA!
NO PUEDO CREERLO, ¿UN *MARCAPAGINAS* ENCANTADO?
SIGUE LEYENDO CASI HAS LLEGADO A-
SPOILERS.
¡AY!

YO LO LLEVO NIÑA, RÉLAJATE.
¡YO ME ENCARGO! BUENAS NOCHES, SEÑORITA.
EH... GRACIAS.
ESTA NOCHE SE PONDRÁ ESTE PRECIOSO CAMISÓN AMARILLO...
ESPERO QUE NO ME ESCOJAN LOS *SUEÑOS*...
Y AHORA EL CUARTETO TOCARÁ "PAISAJE PERSA".

NECESITO HABLAR CONTIGO.
¿QUÉ?
NO QUIERO SER DESCORTÉS, SE QUE *TODOS* TIENEN BUENAS INTENCIONES...
¿QUÉ HA PASADO?
¡NO NECESITO QUE HAGAN TODO *POR* MÍ! ¡ME ESTOY VOLVIENDO LOCA!
NO SE SI-
¡HE IDO A RASCARME LA NARIZ Y LUMIERE CASI ME QUEMA AL INTENTAR AYUDARME!
HABLARÉ CON ELLOS.

QUIERO RECORDAROS A TODOS QUE BELLA NO NECESITA QUE LA AYUDÉIS *TODO* EL RATO, DE HECHO, LO ENCUENTRA ABRUMADOR.
¡VAYA! QUE DESAGRADECIDA, LA TRATAMOS COMO A UNA *PRINCESA*.
PERO ELLA NO ES UNA PRINCESA, ¡NO ESTÁ ACOSTUMBRADA A ESTA ATENCIÓN!
NO LA PUEDO DEJAR TRABAJAR, NO ES UNA *SIRVIENTA*.
¿QUIERE USTED UN AMOR VERDADERO CON CAYOS EN LAS MANOS?
¿POR QUÉ ME IBA A *IMPORTAR* ESO?
BIEN DICHO SEÑOR, A ELLA NO LE IMPORTA SU OLOR.

NO, NO, NO...
HAY QUE OBSERVAR EL PROTOCOLO.
SOLO ESTMAOS HACIENDO NUESTRO TRABAJO
GRRRRR
SILENCIO
PAM
SHLUMPNFLORCH
OH NO, SUS LIBROS.
OOHH CHAUCER PESA.

ESTO NO PUEDE SER, ¡NO PUEDO LEVANTAR LOS LIBROS!
¡SOMOS DEMASIADO PEQUEÑOS!
YO LO HARÉ.
PERFECTO, SEÑOR.
BUENO, ¡NO SÉ COMO ESTABAN ANTES!
¡EJEM!
¿PUEDO AYUDAR?

OH CARIÑO, LO SENTIMOS POR EL DESASTRE.
NO LO SINTAIS.
TODOS HABÉIS SIDO TAN AMABLES CONMIGO, DEJAD QUE AHORA OS AYUDE YO.
NO ESTOY HECHA PARA LUJOS, SOY UNA CHICA DE AVENTURAS.
¡Y AHORA MISMO LAS AVENTURAS HAY QUE ORGANIZARLAS!
¡PRIMERO CHAUCER!
FIN

ENTRENAMIENTO DE MEDITACIÓN

HOY HAREMOS MEDITACIÓN.
REPIRAD Y CENTRAROS.
LO PRIMERO QUE HAY QUE HACER ES VACIAR LA MENTE.
NO LO HACEÍS.
ESTOY RESPIRANDO.

ID A UN RECUERDO TRANQUILO.
UN LUGAR LLENO DE PAZ DONDE FLUYE LA ENERGIA
DONDE PODEIS ESCAPAR DEL RUIDO
DONDE PODEIS SER VOSOTROS MISMOS
¿OS ESPERABAIS UN CAMPO TRANQUILO?

?
OHH ESTÁN APRENDIENDO MEDITACIÓN, EVITAR LAS DISTRACCIONES...
¡VAMOS A POR EL SIGUIENTE NIVEL!

¡MUSHU! ¡NO ES UN CONCURSO!
YA VERÁS CUANDO SUENEN LOS CAÑONES Y PUEDAS ENCONTRAR PAZ MENTAL...
... ¡QUIZÁS RECUERDES QUIÉN TE *AYUDÓ CON EL GONG*!
DONK
DONK
DONK
ALGO DE RAZÓN TIENE.
¿VES? AHORA A MEDITAR, ESTO *PESA*.

VENGA, VAMOS A INTENTARLO.
COMO DECÍA, DEBEMOS MANTENERNOS EN SILENCIO.
¡CLARO!
NO HACE FALTA RESPONDER AL EXTERIOR.
¡TODO CLARISIMO!
¡SILENCIO!
¿DEBERÍA DAR LA CLASE ELLA? NO PARECE NADA RELAJADA.

UNA VEZ MÁS, INTENTEMOS RELAJARNOS.
RESPIRAD POR LA NARIZ Y ENCONTRAD VUESTRO RITMO.
snort
DEJAD QUE SE EVAPORE EL RUIDO, CALMAD VUESTROS PENSAMIENTOS.
Z
THUD
FIN

UN PLATO QUE SE SIRVE FRÍO

LAS PRUEBAS

LOTTIE, QUIERES HACER ***¿QUÉ?***
¡ES LA ***ÚLTIMA*** MODA, TIANA! QUIERO INVITAR A TODOS MIS PRETENDIENTES PARA QUE ME CONVENZAN DE QUE MERECEN MI ATENCIÓN.
SUENA COMO COMPRAR ZAPATOS
¡SI! PERO LOS PRETENDIENTES NO HACEN ROZADURA.
BUENO, SI VAS A HACERLO, HAZLO EN EL RESTAURANTE.
OH TIA, ERES LA ***MEJOR***, ¡GRACIAS!
PIDE MANTELES EXTRA LIMPIOS, LOTTE SUELE TIRAR BEBIDAS.
OH, LO SÉ

OH TIA, HA QUEDADO MARAVILLOSO
NO ME DES LAS GRACIAS AÚN, ME QUEDO A VIGILAR TUS CITAS.
¿QUÉ TE HACE PENSAR QUE NO PUEDO JUZGAR YO?
¡ESTOY APRENDIENDO A ESCRIBIR!

CREO QUE EL FERROCARRIL PONDRÁ A LA CIUDAD EN EL MAPA.
LA CIUDAD YA ESTÁ EN EL MAPA, CON NOMBRE Y TODO.
SHHH LE INTERESA HACER NEGOCIO.
SOLO NECESITARÍA UNA PEQUEÑA INVERSIÓN PARA EMPEZAR.
SU FAMILIA ES RICA CON AZÚCAR, PERO LO HAS AMARGADO TODO.

HE DONADO MUCHO A ORFANATOS, PERO NUNCA ES SUFICIENTE.
TIENES NUESTRA ATENCIÓN.
¡IGUAL PUEDES CONSEGUIR ALGUNOS *CACHORROS* PARA LOS NIÑOS!
¡UGH! ¿CACHORROS? HUELEN MAL Y SE RESTRIEGAN POR EL BARRO.
¿A QUIÉN NO LE GUSTAN LOS *CACHORROS*?
GRACIAS, SIGUIENTE.

CUENTANOS SOBRE TI.
PUES ME CRIARON EN EL NORESTE, DONDE FUI A LAS MEJORES ESCUELAS Y APRENDI ESGRIMA Y EQUITACIÓN, NO AL MISMO TIEMPO, CLARO ¡ESO SERÍA PELIGROSO!
... Y FUE UNA AVENTURA EN EL CONGO, DONDE APRENDÍ CATORCE IDIOMAS, TAMBIÉN PUEDO PILOTAR UNA AVIONETA Y NO SE ME DAN MAL LOS BARCOS. SE HACER MALABARISMOS, HACER JUEGOS DE CARTAS Y NUNCA CONTAR UN SECRETO
¡Y SE ME DA GENIAL ESCUCHAR!
¡DESPIERTA! CREO QUE ESTÁ TERMINANDO.
Z

¡ES GENIAL VOLVER A VERTE LOTTIE!
¿VOLVER?
ESTE ES TRAVIS
¿TRAVIS?
OS CONOCISTEIS EN EL BAILE, LUEGO EN EL DESFILE.
Y MI INAUGURACIÓN
????
QUÉ BONITA...
¿SERVILLETA? TÚ TAMBIÉN TIENES UNA.

CREO QUE ESOS ERAN TODOS LOS PRETENDIENTES DE LA CIUDAD.
YA VEO.
¿QUÉ TIENE QUE HACER LA HIJA DE UN BARÓN PARA ENCONTRAR PAREJA?
COMO LE DIGO A MIS CLIENTES, SI NO TE GUSTA EL MENÚ, NO TIENES QUE PEDIR.
NO NECESITAS UN HOMBRE PARA HACER VIAJES, LEER, BAILAR...
¡GRACIAS!
FIN

REBAJAS DE ALFOMBRAS

AMOR CACHORRO

A HURTADILLAS

MEMORIA MUSCULAR
Ha sido una semana ajetreada. Todo el mundo está feliz de volver a ser humano, aunque quedan algunos viejos hábitos.
LUMIERE RELAJATE, ESTÁS MUY TENSO.
¡NO LO PUEDO EVITAR! ¡PERO AGRADECERÍA QUE NADIE COLGARA SUS SOMBREROS DE MIS MANOS!
¡CHIP, LAS PIERNAS! CAMINA COMO TE ENSEÑÉ.
¡PERO ME VOY A CAER!
LA UNA EN PUNTO... AJEM
CLANG!
CLAP!
?
MM...
QUERIDA, SE TE OLVIDA QUE TIENES BRAZOS AHORA.
OH ¡PERDÓN!

Y por supuesto, mi amor ya no es una bestia. Le está costando un poco ...acostumbrarse
¿HAY ALGÚN PROBLEMA?
NO LLEGO A MI BALDA FAVORITA.
BUENO, AHORA NO ERES TAN ALTO, PERO PUEDES SUBIRTE AQUÍ.
¡SE TARDA MUCHO! ¿ME LO PUEDES COGER?
DI "POR FAVOR".
¡ESPERA! AÚN QUEDA MUCHO, YO ME LO TERMINO.
¿PUEDES NO RUGIR ESTA VEZ?

ESTA HABITACIÓN NECESITA UN ARREGLO, PONDREMOS NUEVAS CORTINAS, ARREGLAR EL CUADRO, LIMPIAR...
A MI ME PARECE ***RÚSTICA*** MÁS QUE SUCIA.

Estoy segura de que todo se pasará, aunque en parte espero que no.

¿POR QUÉ VAS TAN ARROPADO?
HE ESTADO CUBIERTO DE ***PELO*** DURANTE ***DIEZ AÑOS***. ¡SOY SENSIBLE AL FRÍO!
¿TIENES MÁS BUFANDAS?
¡QUÉ TONTO!
FIN

EL DESPERTAR

CANCIÓN DE PÁJAROS

¡MÁS LIGERO! RESPIRANDO MÁS ABAJO.
SNIFFFFFF
¿SKWANK?
VA A SER DIFICIL ARMONIZAR.
fnrt!

¡AsÍ! YA LO TENEMOS.
¡UH UUUH!
¿QUIÉN?
UN *BARÍTONO*
¡QUÉ MARAVILLA!

TU MANTIENES EL RITMO EN DOS Y CUATRO Y MANTEN LAS NOTAS ALTAS.
TU LLEVAS EL BAJO, CREO QUE ESTE AMIGO SERÁ EL AGUDO.
Y TÚ...
SIGUE TRABAJANDO, ¡RECUERDA QUE MENOS ES MÁS!

VAMOS, ¡TODOS!
CRINKLE SCHAFF KIT
¿QUÉ ES ESE SONIDO?
SKT KRICK SCUFFLE
PERDÓN ¿HE DICHO QUE NECESITABAMOS *SILENCIO*!

aaaaa aaaahh
¡HOLA! NO OS HABÍA VISTO ¿OS HA GUSTADO EL CONCIERTO?

EL ORNITORRINCO
DESAFINA.
FIN

LECTURAS NOCTURNAS

¡HOLA, PEQUEÑOS LECTORES!

Guía de lectura elaborada por Pedro Cifuentes, pedagogo y experto en cómic infantil.

La lectura de cómics es una aventura mágica que combina palabras e imágenes de una manera muy especial. A diferencia de los libros tradicionales, los cómics no son solo libros con pocas palabras y muchos dibujos. La magia de los cómics está en que necesitas leer tanto el texto como las imágenes juntas. No basta con leer solo las palabras; es importante seguir la secuencia de las imágenes, volver a mirarlas, observar y pensar en lo que cada imagen añade a la historia.

¡ESO ES LO QUE HACE QUE LEER CÓMICS SEA TAN DIVERTIDO Y ÚNICO!

¿Qué os parecido esta historia? ¿Habéis aprendido más sobre vuestros personajes favoritos? ¡Seguro que sí!

Ahora que habéis leído este cómic de **Princesas Disney**, puedes volver sobre las páginas y descubrir algunos detalles mágicos que quizás pasasteis por alto.

¿Has visto que se trata de muchas historias cortas en vez de una sola historia larga? Este es un formato muy interesante. Es el formato de tiras cómicas, parecidas a las que aparecen en los periódicos o las revistas. Son historias muy cortas, con una acción muy pequeña, que suelen ser muy divertidas.

Observa con atención. **¿Ves cómo la ilustración refuerza el mensaje de las palabras?** De hecho, la última viñeta, no necesita palabras. **¿Qué efecto tiene la salsa picante que toma Tiana?**

¡Vuelve a leer y descubre estos detalles! ¡Los cómics están llenos de sorpresas esperando a ser encontradas!

CONTINÚA LEYENDO TUS CÓMICS DISNEY

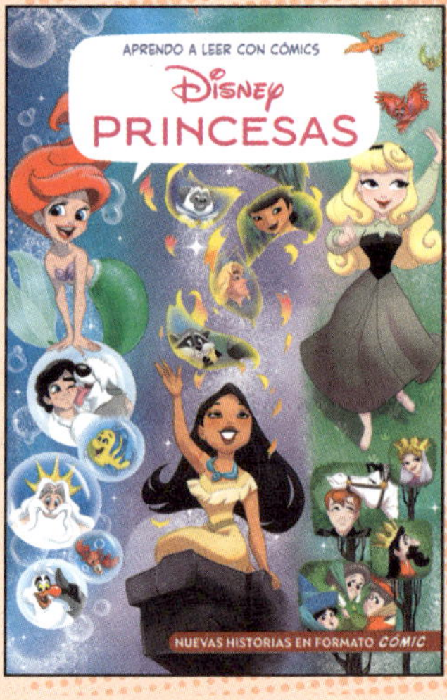